獻給我的家人：

再一次，我要謝謝山姆，以及我的家人。

感謝以下專家提供協助：

賈克・布隆戴爾（Jacques Blondel）、安蘿・丹尼歐（Anne-Laure Daniau）、

希薇・德莫格（Sylvie Démurger）、安迪・埃納貝爾（Andy Hennebelle）、

安東・克雷梅（Antoine Krémer）、瑪莉－皮耶・勒杜（Marie-Pierre Ledru）、

昆丁・樂華（Quentin Leroy）、法蘭索－米歇爾・勒・杜賀諾（François-Michel Le Tourneau）、

珍妮佛・馬隆（Jennifer Marlon）、文森・蒙塔德（Vincent Montade）、

諾艾蜜・羅謝爾（Noémie Rochel），以及丹尼斯・可羅夏爾（Denis Ruysschaert）。

延伸閱讀

最美的海洋 需要我們一起來保護

★法國威力雅基金會「青少年環境議題」推薦書籍
★法國海洋星球協會推薦
★歐洲衝浪者基金會推薦

認識超過 100 種海洋生物╳10 大海洋危機╳10 個保護海洋小方法
探索全球 10 大海域，從認識海洋開始，一起認識大自然之美

你的每一個小動作，都可以改變這個世界；就算是微小的力量，也可以決定地球的未來。
環境保護也能從小小的行動改變，讓我們一起守護美麗而又獨一無二的地球！

最美的森林
需要我們一起來保護

作者：愛曼汀・湯瑪士（Amandine Thomas） 繁體中文版審定：黃美秀
翻譯：許雅雯 出版：小樹文化 總編輯：張瑩瑩 主編：鄭淑慧
責任編輯：謝怡文 校對：魏秋綢 封面設計：周家瑤 內文排版：劉孟宗

發行：遠足文化事業股份有限公司（讀書共和國出版集團）
地址：231 新北市新店區民權路 108-2 號 9 樓
電話：(02) 2218-1417 傳真：(02) 8637-1065 客服專線：0800-221029
電子信箱：service@bookrep.com.tw
郵撥帳號：19504465 遠足文化事業股份有限公司
團體訂購另有優惠，請洽業務部：(02) 2218-1417 分機 1124

法律顧問：華洋法律事務所 蘇文生律師
出版日期：2020 年 4 月 1 日初版
　　　　　2023 年 6 月 21 日初版 6 刷

讀者回函　　小樹文化官網

小樹文化
Little Trees

FORÊTS
最美的森林
需要我們一起來保護
et comment les préserver

愛曼汀·湯瑪士（Amandine Thomas）—— 著

許雅雯 —— 譯　黃美秀 —— 審定

小樹文化
Little Trees

目錄

希望可以看到很多鸚鵡

溫蒂妮

千年古木參天，動物穿梭林間，雙腳不沾塵土，稀有物種等待探索，
這些都是森林裡的奇觀。但是你也不必太訝異，地球上絕大多數陸生動物都生活
在這裡！森林不僅是牠們的庇護所，對人類而言也是重要的資源。它能過濾飲用水、淨
化空氣、調節氣溫……連帶影響了世界四分之一人口的生計！

然而，儘管扮演了重要的角色，多數森林還是面臨種種危機。林木砍
伐、環境汙染，甚至是氣溫上升，對森林而言都是重大威脅。一連串的問題全都源自於
人類活動，即將破壞原本就脆弱的生態。

呼……幸好還有解決之道！想知道如何拯救森林，就趕緊翻開下一頁，跟著溫蒂
妮、愛娃、安東和胡安一起環遊世界，探索十個瀕臨滅絕的森林生態系統，了解居住於
其中、各種不可思議的動物，以及該怎麼保護牠們！

準備好幫助貓熊、大猩猩，還有狐猴了嗎？

還有猴子！

嗚！嗚！
哈哈！

誰有望遠鏡？

走吧！出發！

胡安

安東

愛娃

旅程開始之前，認識一下森林吧！

所以，
森林指的是什麼？

森林就是一大片樹木密生的寬廣地區，占據地表面積將近四分之一，每一個氣候帶幾乎都有森林。從白雪覆蓋的北極到濕熱的赤道圈，存在各式各樣的森林：熱帶、溫帶、極圈、乾燥和刺林等，每個森林都有適應不同環境的動植物生活於其中。

無論位於何處，這些森林都是維持地球生態平衡的關鍵。大部分的生物棲息其中，森林調節氣溫的同時，也涵養水資源、調節全球水循環。森林也是個巨大的工廠，林木能生產氧氣（供人類呼吸），也能儲存碳。

我知道，
因為有光合作用！

光合作用？

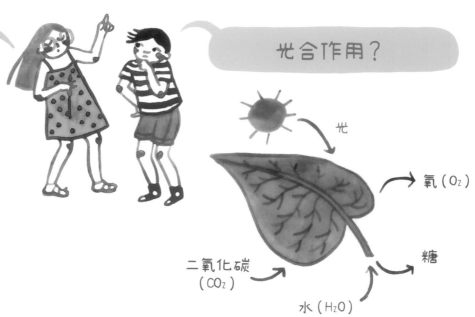

光合作用是植物為自己製造食物的自然現象。樹葉中含有葉綠素，可以吸收陽光。陽光和樹根吸取的水分作用，可以把大氣中的二氧化碳（CO_2）轉換成糖，提供樹木生存和成長必須的養分。

這個過程也會釋放出氧氣，並把二氧化碳（CO_2）中的碳（C）以木頭的形式儲存下來。

光

氧（O_2）

糖

二氧化碳
（CO_2）

水（H_2O）

二氧化碳……
不就是造成溫室效應的氣體嗎？

太陽

太陽輻射

大氣層

是的！其實造成溫室效應的氣體，比如二氧化碳，本來就存在於大氣之中。它們會吸收太陽的熱能，維持適合生物生存的氣溫。失去這些氣體，我們就無法居住在這個星球上了！但是人類開採化石原料、實行精細農耕和砍伐森林等活動，導致排放過多二氧化碳，加劇了溫室效應，地球溫度也隨之提升。

森林可以吸取儲存於大氣中的部分二氧化碳，阻止氣溫持續上升！相反的，如果摧毀林木，就會大量釋出原本儲存在樹木中的碳，變成二氧化碳。

那就不應該繼續砍伐森林了啊！

是沒錯！可是……那又是什麼意思？

砍伐森林的意思是：人類開採林木，導致森林面積縮減。地球上的森林面積每年都會減少好幾百萬公頃。速度到底有多快呢？只要想像每秒鐘都有相當於一個足球場大小的森林消失！人類恣意砍伐和燒毀林木，取用木材、開發耕地、拓展道路和建造水壩……

森林消失不只讓溫室效應氣體多出20%～25%，也破壞了整個生態系統，成千上萬種稀有動植物也連帶受到威脅。

生態系……我們等一下就會看到了！

沒錯！生態系就是由生活在同一個空間裡的生物構成的系統：只要生物之間有交互作用，都可以形成生態系（例如掠食者與被掠食者）。生態系仰賴脆弱的生態平衡維持、發展與生命恆定。如果其中一個生物消失，使得生態平衡受到威脅，可能會導致整個生態系瓦解，進而影響生物多樣性！

影響什麼？

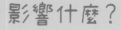

生物多樣性。

生物多樣性指的是地球上不同物種的數量：物種越多樣，生命形式越豐富。森林內涵蓋的物種就占生物多樣性的80%！包括人類在內，這些物種互相依賴，共同維護生態系的平衡與維持生命的必要資源，例如空氣、水和食物等。

出發囉！

不要擔心，我們可以保護森林！

什麼？我不想失去生物多樣性。

出發吧！保護我們的森林！

九寨溝（中國）

九寨溝位於中國四川省的山林深處，
是一片如童話般夢幻的自然保育區。
而正是這個雲霧繚繞、下層植披長滿竹子的樹林，
孕育了稀有卻遠近馳名的熊貓。

橙翅噪鶥

銀臉
長尾山雀

小熊貓

妳們在做
什麼呢？

牠也是瀕
危動物。

噓！不要打
擾牠！

藍馬雞

大靈貓

動物不可或缺的庇護所

九寨溝海拔高達2,000公尺，包含一片獨特原始林
（也就是未經人類開發破壞的森林）。這片密集且
潮濕的森林裡棲息了為數眾多的特有種，都是只在
這個地區才有的動植物。

這些物種大多稀罕，並依賴森林生存。比如
川金絲猴就是如此。這是一種能耐高山寒冷的
猴子，主要棲息在樹冠層，因此不受其他捕食者
威脅。牠們一般以樹皮、地衣和小種子為食。

還有貓熊，牠們以竹子為主食，99％的食物
都是竹子，一天最多可以吃掉40公斤！

貓熊

想一想，這句話正確嗎？

某些品種的竹子大約一百年才開花一次。

答：竹子的確一百年才會在整片森林裡開花一次，甚至在地球上其他地方的同種竹子，開花時間也會一致——每次開花，全世界的同品種竹子就會同步開花。

雲豹

我們可以怎麼做？

保護自然的第一步是尊重環境。無論到中國或法國的森林散步都一樣！想要保護地球上的每一座森林，每個小動作都很重要。你可以提醒家人走在規劃好的林道上，不要留下任何垃圾，也不要打擾任何花草動物；就連摘花和打水漂都應該避免。

亞洲黑熊

動動腦，猜猜看！

羚牛屬於哪一個動物家族呢？

1. 乳牛家族
2. 山羊家族
3. 羚羊家族

（答案請見第37頁）

棕頭歌鴝

羚牛
（四川亞種）

人類入侵，
讓九寨溝森林遭受危機

1950年代以前，九寨溝森林只有零星散居的人類活動，但到了後來就變了樣！每年都會有上百萬的遊客湧進這片自然保護區，汙染湖泊和廣布於森林裡的河流，還會踐踏植被、摘採稀有植物，並在不知不覺中從其他地區帶來入侵物種。因此，生態系逐漸退化，威脅當地較為脆弱的物種！幸虧人類已經開始採取一些保護措施，限制每日的遊客數量，且車輛不得進入自然保護區，原本興建的旅籠與餐廳也都停止營業了。

金貓

紅腹錦雞

川金絲猴

林麝

加拿大
北方森林（北美洲）

從阿拉斯加經過俄羅斯，再到斯堪地那維亞半島，
有一片世界上最大的森林，像一條綠色絲帶般繞著北極圈，
那就是加拿大北方森林（又稱為taiga，意思是針葉林）。
這個巨大的生態系有三分之一位於加拿大北部，
幾乎全年都是寒冷的天氣。

烏林鴞

想一想，這句話正確嗎？

狼獾會吃冰凍的骨頭嗎？

答：是的，牠強壯的下顎能輕易咬碎冰凍起來
的動物骨頭，在缺乏食物的時候這是很重要的
能力。

駝鹿

豪豬

雪靴兔

黑蓋山雀

環境嚴酷的北方極地

想在加拿大北方森林存活，必須夠堅強！要能適應
各種極端條件，才能渡過嚴冬。比如說酷寒（最低
可到零下40度），以及缺乏陽光和食物。因此，
針葉林大概是唯一能在這種嚴峻環境中成長的樹種！
所有生活於此的動物都有特殊應對方式，例如雪靴兔
或北美馴鹿就有寬大的腳板，避免行動時沉入
雪中。還有黑熊和長耳蝠都會躲起來冬眠，
用這種方式避過寒冬。但對許多鳥類來說，
唯一的方法就是遷徙！冬季一到，牠們就會飛到其他
地方尋找食物，更重要的是尋找溫暖的環境。

狼獾

美洲貂

白頭海鵰

雪鴞

馴鹿

牠也是瀕
危動物。

還好我穿
了雪鞋！

還好這裡沒
有被汙染！

我們可以怎麼做？

這個地區的油砂都被開採製成石油產品，如汽油。
如果想要減少汽油用量，你可以請爸爸媽媽把車子
停在家裡，這樣就能減少開採油砂，也能減低
汙染森林的風險。短途移動可以多利用公車、
穿上直排輪或是騎腳踏車！至於長途旅行，
當然是火車萬歲！

動動腦，猜猜看！
北極狐的毛冬天會變成白色的，就跟雪
一樣！你可以幫愛娃找一找牠躲在哪裡
嗎？ (答案請見第37頁)

這是一片
幾乎未被破壞的森林

儘管環境惡劣，加拿大北方森林還是十分珍貴。
森林內有兩百多萬平方公里的原始林。這一片
未開發地區的面積幾乎和沙烏地阿拉伯一樣大，
是世界之最（至少目前是如此）。
因為這個地區也有油砂，可以提煉出石油。
提煉的過程會嚴重汙染環境。黏稠的油砂從逐漸
取代森林的露天礦場中採出，用來洗淨油砂的水則會
倒回含有劇毒的湖泊中。任何一滴水漏出來，
都會汙染整個生態系。

河狸

加拿大
猞猁

花栗鼠

紅木國家公園（美國）

位於美國西部太平洋沿岸的森林裡，孕育著紅杉。
這種樹可以存活2,000年以上，最高長到115公尺，
相當於37樓高的房子。

洪堡貂

紋背啄木鳥

羅斯福
麋鹿

美洲黑熊

截尾貓

帝王斑蝶

加州巨人樹──紅杉

很難想像一顆米粒大小的種子，
可以長成世界上最高的樹嗎？只生長在加州沿岸
溫帶雨林裡的紅杉就是如此。在那片籠罩著濃霧的
潮濕山谷中，那些巨人汲取著生長所需的水分。
儘管沒有下雨，它還是能保持濕潤。紅杉的葉子可以
直接吸取空氣中的水氣，纖維狀的樹皮最厚可達
30公分，因此屏蔽了火災、昆蟲和各種疾病，
成為長壽的物種。
隨著時間發展，這些巨人的樹冠層也繁衍出
一個生態系，包括蕨類植物、藍莓。就連樹枝的
凹陷處都長出了小樹，變成一座祕密森林。
許多動物，像是斑點鈍口螈、斑點鴞和
洪堡貂都棲息在這裡。

想一想，這句話正確嗎？
跟以前比起來，
北美洲的原始紅木林只剩50%了！

答：錯了喔！只剩下5%……其實有95%都已經遭到砍伐。傳
統伐木業者對紅杉下手了！幸虧有法律保護那些所剩不多的紅杉
森林，現在整座國家公園都被列為保護區了。

動動腦，猜猜看！

你可以幫溫蒂妮找找森林裡的香蕉蛞蝓嗎？因為長得非常像香蕉，所以才給了牠這個名字。這種蛞蝓可以長到25公分，體重也能超過100克，是世界上體型第二大的蛞蝓。 （答案請見第37頁）

我們可以怎麼做？

地球暖化導致環境越來越乾燥！
水是珍貴的資源，應該節約用水，避免浪費。
你可以用簡單的淋浴取代泡澡，洗手或刷牙時不要一直開著水龍頭。天氣很熱的時候，可以在窗戶邊放一小碟水，乾季時找不到水喝的鳥會感謝你！

斑點鴞

花栗鼠

那隻斑點鴞是不是想喝水？

快，拿出我的水壺！

南方鼯鼠

臭鼬

浣熊

林鼠

維持氣候的珍貴森林

二氧化碳是造成全球暖化的溫室氣體，年紀越大的紅杉儲存的二氧化碳越多。孕育著這種千年古樹的原始林，是維持氣候的重要關鍵。每平方公里的紅杉可以儲存的二氧化碳比世界上任何一個森林還要多。糟糕的是，紅杉林的生長也受到全球暖化影響。氣溫不斷上升，雨和霧越來越少。加州的乾季變長，引發森林大火吞噬整個生態系，就連最有抵抗力的紅杉也不得倖免。

臭鼠

斑點鈍口螈

剛果盆地（非洲）

非洲剛果河流域孕育著世界上最大的熱帶森林，
從西邊的喀麥隆到東邊的剛果共和國，橫跨六個
國家，面積是法國國土3倍大、台灣的55倍大！
我們可以在這裡找到人類的近親──猩猩。

白頭岩鶥

紅簇花蜜鳥

是我們的近親耶！

對啊，還有這個黑猩猩也是！

哇！是倭黑猩猩！

倭黑猩猩

非洲大陸上的綠地

剛果河流域盆地內的熱帶森林，是世界上物種
最豐富的林地之一，共有大約10,000種生物
棲息於此，其中30％為特有種！簡單說明，
以一公頃為單位，這塊生機蓬勃的土地上孕育的
樹種比整個法國還多。更不用說其物種多樣性了：
非洲森林象、大猩猩、倭黑猩猩……
許多稀有動物生活在這個盆地！
這個獨特的生態系也是調節氣候的關鍵，氣溫越高，
樹木就會蒸發越多「汗」。我們稱這個現象為
「蒸散」。水分蒸發、散合後聚集成雲，
然後滋養大地的雨水就會降落到整個非洲大陸。

黑曼巴蛇

貓頭鷹蝶

藍蕉鵑

歐卡皮鹿

大穿山甲

非洲野豬
（紅河豬）

動動腦，猜猜看！

歐卡皮鹿的舌頭不只用來品嚐味道，也可以清理
全身……就連耳朵也清得到！猜一猜，牠的舌頭
有多長？

1. 20公分　　2. 30公分　　3. 50公分

（答案請見第37頁）

犀角金龜

變色龍

黑猩猩

豹

非洲森林象

斑哥羚羊

非洲灰鸚鵡

山魈

我們可以怎麼做？

減少生產新產品，就可以降低砍伐樹木或
開採煤礦的需求！這就是為什麼我們要儘量
購買二手電子產品、減少換新的次數、
落實資源回收，並給不需要的物品再生的機會。
因為這樣，才能拯救猩猩和牠的棲息地！
不需要的遊戲機，與其丟掉，不如回收電池、
送到跳蚤市場拍賣，或是請學校老師在教室裡
佈置一個「交換小角落」。

開採資源，
汙染了剛果盆地

剛果盆地的熱帶森林富含天然資源。
除了木頭和石油，也有其他礦產，比如用來
製造電腦和手機的鈷和鈳鉭鐵礦。為了取得這些
原料，人類興建道路，直抵森林深處，在惡劣的
環境中新建村落、砍除樹木、挖掘地下礦產。
這些活動會汙染並破壞整個生態系，同時也為
盜獵者開路，通往原本無法到達的森林深處，
獵捕猩猩、大象和其他瀕危動物。

大猩猩

白冠蒼鷺

非洲岩蟒

非洲野水牛

想一想，這句話正確嗎？
猩猩不會使用工具！

答：錯了喔！猩猩會使用石頭或樹枝在木桿上的蟻巢！
為這些動物保留生存的空間，以免牠們遭到盜獵者獵捕！

比亞沃維耶扎森林

（波蘭與白俄羅斯）

比亞沃維耶扎森林跨越了波蘭與白俄羅斯，是歐洲大陸上僅存的原始林之一。這座森林已經存在超過10,000年了，原本幾乎覆蓋了整個歐洲大陸！

靴雕

紅腹灰雀

三趾啄木鳥

歐洲大陸僅存的天然森林

比亞沃維耶扎森林內沒有任何事物可以影響生命循環。樹齡400年的老橡樹是這裡最常見的樹種，樹枝、樹根和樹幹交織在地面上。大量的昆蟲、無脊椎動物和菌菇吸收枯木的養分，經過分解後變成肥沃的腐植質，再提供榛果與紅醋栗生長。這片原始的林地中，棲息了地球上體積最大的鹿類——麋鹿。牠們就在歐洲最大的肉食動物灰狼和山貓之間自由奔馳。但最驚人的當屬非洲野牛了，牠是歐洲大陸上最大的哺乳類動物，體重最重可達1噸，相當於一輛小型車的重量。

小黃鼠狼

山貓

麋鹿

想一想，這句話正確嗎？

樹木和菌菇彼此共生，也就是說，他們用對彼此有利的方式，依靠對方生存。

答：這是真的！因菌絲纏繞在根部末端形成一種團體，如一傘蕈傘。這讓樹木可以取得水分和養分。另一方面，植物供應菌類養生的養分和水分，藉由菌的生長讓植物的根更強壯。這真是雙贏！

黃鹿

刺蝟

甲蟲

睡鼠

獾

雕鴞

松鴉

大赤啄木鳥

狼

狸貓
（貂）

野豬

藍星天牛

野牛

水獺

歐洲澤龜

我們可以怎麼做？

你也可以為保護原始林盡一份心力！
學校或家裡的筆記本，也許可以選擇使用
再生紙產品。用完以後，不要忘記做好垃圾分類，
把可以回收的物品和其他垃圾分開。這麼一來，
這些垃圾就可以變成新的產品，
不用傷害森林了！

我們過度開發森林了嗎？

現今歐洲大陸上，大部分森林都是人類種植的，同時
也被大量採伐，用來建造房舍、供應暖氣或製作紙張。
這種森林就叫「次生林」。然而，次生林的生態多樣性
遠比原始林低得多！砍掉老樹後，樹林間的苔蘚、
地衣、昆蟲和其他小型動物就會失去棲息地
（每一棵樹都是一個獨立的生態系）。枯木也來不及
分解就被砍伐，進而傷害眾多生活在上面
或是在那裡覓食的動物。
就連古老的比亞沃維耶扎森林也沒有倖免於難。
直到最近都還有大型機器以除蟲害為名，一天砍掉
300棵樹木。幸好，這種行為已經被認定違法，
那些機器也被強制驅離森林了。

看！我開始蒐集
植物標本了！

嗯……這是用再
生紙製造的筆記
本嗎？

動動腦，猜猜看！

嬌小神祕的歐洲澤龜，可以活到幾歲？

1. 20歲
2. 40歲
3. 60歲

（答案請見第37頁）

棘刺林（馬達加斯加）

非洲大陸沿岸、印度洋海面上，有一座世界上最古老的島嶼——馬達加斯加島。幾千萬年來，這座島嶼和大陸隔絕，島上的動植物以驚人的方式演化，是世界上擁有最多特有種的地方！

馬達加斯加獵鷹

紅尾鼬狐猴

叉斑鼠狐猴

馬達加斯加珍貴的水資源

馬達加斯加南部乾季長達數月，土地貧瘠，加上罕見且不規則的降雨，惡劣的環境非常不適合居住。然而，這個地區卻孕育出奇特的森林，長滿了適應當地環境的各種動植物。遠近馳名的猢猻木，就擁有輕軟如海綿的樹幹，可以儲存上千公升的水。還有狐猴最愛的龍樹葉，也含有大量水分。狐猴這種只生活在馬達加斯加的動物，幾乎只從牠們主要的食物，也就是樹葉和果實中攝取水分。正因如此，這個地區大部分的植物都要長出尖刺保護自己！

環尾狐猴

馬島長尾狸貓

想一想，這句話正確嗎？
馬達加斯加島上有上百種狐猴！

答：是草類的！最小的狐猴種只有30克，最大的狐猴可以重達10公斤！可惜的是，今日只有許多種的狐猴，都因爲瀕臨滅絕的危機。

馬達加斯加蝟

大寬尾獴

無尾馬達加斯加蝟

射紋龜

拉氏厚嘴鵙

動動腦，猜猜看！

棘刺林裡，哪一種可怕的掠食者會捕食狐猴？
1. 馬島長尾狸貓
2. 獴
3. 馬達加斯加獵鷹　（答案請見第37頁）

我們可以怎麼做？

你現在知道人類製造的溫室氣體對全球暖化的影響了……只要不過度消耗資源，就能減少二氧化碳的排放量，保護狐猴！首先，你可以減少不必要的包裝，這些包裝通常會消耗大量的能源，只要購買散裝產品就能避免。買蔬菜水果時，帶上布袋，或是帶個罐子裝麵粉、通心粉和小扁豆！

南方馬島鵙

本施氏孤鶲鵙

紅尾鉤嘴鵙

脆弱的生態平衡，正遭受威脅

棘刺林裡95％的植物都是特有種，眾多動物如獴、蛛網龜，只能在這裡找到！因為島嶼特性和特殊的氣候條件，形成獨特的生態系。
然而，馬達加斯加島上的棘刺林是地球上最受威脅（也是最缺乏保護的）的森林！除了島上原本就十分猖獗的林木砍伐外，這片森林還得面對氣候暖化的挑戰。事實上，近幾十年來，馬達加斯加的氣溫不斷上升，引發各種日益嚴重的自然災害：水災、火災、乾旱和颶風……許多物種，包括狐猴，無法適應過於快速的氣候變遷，可能會在這個世紀末完全滅絕。

長尾地寶鳥

紅尾鼬狐猴

哎呀！好刺喔！

嗚！

銹喉馬島鵙

杜梅瑞氏蛸

白背跳狐猴

變色龍

紅灰倭狐猴

壁虎

亞馬遜雨林（南美洲）

蜂鳥

蜘網猴

吼猴

亞馬遜雨林位於南美洲，橫跨九個國家，
是世界上面積最廣的熱帶雨林。
雨林內蘊藏無比豐沛的生命，
多到每年都會發現新的動植物品種。

樹懶

位在亞馬遜雨林
高處的生命

亞馬遜雨林氣候濕熱，茂密的樹冠層遮擋住
大部分的陽光，難以透入樹林之中。林中的植物
因此發展出各式各樣的精彩策略，從黑暗中
嶄露頭角！其中一些我們稱之為附生植物。
它們會攀住作為支撐物的樹木，長在令人目眩的
高處（50至60公尺）。比如蘭花、蕨類植物和
藤蔓會長在樹冠上，讓花朵在向陽之處恣意綻放。
我們可以在這片枝葉茂密的森林裡，找到真正的
平衡特技高手。例如長尾虎貓。這種貓科動物
可以頭朝下沿著樹幹向下跑。還有蜘蛛猴，
長尾巴是牠們的第五隻腳，
可以直接掛在樹枝上。

金剛鸚鵡武鳥

金獅面狨

長尾虎貓

美洲獅

大食蟻獸

大藍閃蝶

中美
毛臀刺鼠

凱門鱷

想一想，這句話正確嗎？
切葉蟻會搜集花草樹葉和水果作為食物。

錯：除了搜集花草樹葉和水果以外，牠們還會採集種子和真菌。

草莓箭毒蛙

切葉蟻

我們可以怎麼做？

保護亞馬遜雨林，就從你的盤子開始！
除了少吃一點肉（跟美國印地安人一樣），
也可以確認食材來源。如果家人選擇在地食材，
例如牧場養殖的肉品：以及當季的蔬果，
就可以減少溫室氣體排放。是的！你沒聽錯！
這麼做可以避免卡車、船隻或飛機從
地球另一端把食物送過來！

巨嘴鳥

美洲角雕

美洲豹

水蟒

松鼠猴

除了孕育動植物，
森林也默默保護著我們

除了孕育世界上最多樣的物種外，亞馬遜雨林
也有多到數不清的天然資源，雨林內的居民可以
自給自足、採藥治病。不只這樣！超過400億的
植物進行光合作用，可以吸收好幾噸的二氧化碳，
儲存在葉子、樹枝和樹根裡……我們稱之為
「碳匯」，可以有效抵消人類排放的溫室氣體！
儘管如此，超過五分之一的雨林還是被砍伐殆盡，
取而代之的是大型養牛場和養殖牲口用的黃豆田。
這些行為會釋放出原本儲存在樹木裡的二氧化碳，
進而加速氣候暖化，不只威脅到森林，
也危害了整個地球。

原蛛

長鼻浣熊

我們正在蒐集草藥。

為了幫助村子裡的居民。

你們在做什麼呢？

鈷藍毒箭蛙

犰狳

動動腦，猜猜看！

世界上的物種中，每多少種便有1種生活
在亞馬遜雨林？
1. 每10種中有1種。 2. 每100種中有1種。
3. 每1000種中有1種。

（答案請見第37頁）

食人鯧

美洲鬣蜥

蘇門答臘熱帶雨林（印尼）

蘇門答臘島上有座名為勒塞的火山，
山的背陽處有一片綿延25,000平方公里的熱帶雨林，
就跟義大利西西里島一樣大！
蘇門答臘擁有大型花朵和巨星動物群，
是世界上唯一可以找到迪士尼卡通《森林王子》中
所有動物的森林！

想一想，這句話正確嗎？
紅毛猩猩的寶寶會待在媽媽身邊，
直到7歲才離開。

答：真的！紅毛猩猩寶寶會喝母乳，跟著媽媽生活好幾年，
這種哺乳類動物發育非常緩慢。

獨一無二的有趣物種

棲息在印尼熱帶雨林中的物種，幾乎比任何一個
生態系還多，其中一些動物或植物非常稀有，
只能在蘇門答臘島上見到！泰坦魔芋就是其中
一種。它是世界上最高的花，可以長到3公尺高。
為了吸引可以授粉的昆蟲，這種花會釋放
肉品腐爛的味道（著名的大王花也是如此）。
大王花最大可達1公尺寬，最重為10公斤！
但是這些花並非這座森林裡唯一的巨型物種。
森林裡還有更令人吃驚的巨型動物群：
蘇門答臘犀、蘇門答臘象、馬來熊、蘇門答臘虎
和馬來貘……當然也不能忘記紅毛猩猩，
牠是唯一生活在非洲之外的猩猩！

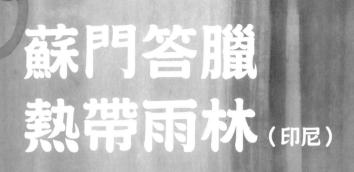

黑手
長臂猿

馬來
狐蝠

蘇門答臘
葉猴

馬來熊

蘇門
寬嘴鶇

五色鳥

赤麂

蘇門答臘犀牛

亞洲豺犬

蘇門答臘虎

犀鳥

長鼻猴

懶猴

熊狸

泰坦魔芋

紅毛猩猩

我們可以怎麼做？

如果想幫助紅毛猩猩，你可以從拒絕使用棕櫚油開始。吃蛋糕以前先確認標籤，如果裡面含有棕櫚油，一定會標在上面！選擇對生態友善的產品，認明無棕櫚油標誌。你也可以自己動手，為家人和朋友準備手做點心……開伙囉！

森林縮減，
紅毛猩猩的棲地正在消失

目前，這些奇特的物種都遭受了各種威脅。十幾年內，紅毛猩猩可能就會消失在島上了！自從1980年代以來，牠們賴以生存的這座森林被縮減了一半。

罪魁禍首是棕櫚油。市面上有許多產品都使用這種植物油，包括餅乾、巧克力、肥皂、蠟燭和生質燃料……可是種植油棕樹需要很大的空間。為了取得更多種植空間，業者燒掉了成千上萬平方公里的熱帶雨林（同時也釋放出二氧化碳），只單一栽培油棕樹。

這些綠色沙漠淹沒了原本美好的生物多樣性，以及紅毛猩猩、蘇門答臘虎的和蘇門答臘犀牛的棲地，這些動物正逐漸消失。

你想吃蛋糕嗎？沒有含棕櫚油喔！

嘔，不了。泰坦魔芋的可怕味道讓我胃口盡失。

蘇門答臘象

馬來貘

雲豹

澤巨蜥

施氏八色鶇

動動腦，猜猜看！

下面哪一種動物有蹼？

1. 馬來貘。
2. 蘇門答臘虎。
3. 亞洲豺犬。

（答案請見第37頁）

梅康圖爾國家公園 (法國)

在阿爾卑斯山和地中海之間，
有法國最原始的國家公園林地
——梅康圖爾國家公園。
公園內的溫帶森林共有1,000平方公里，
幾乎占據整座公園一半的面積。
林內棲息了極具代表性的動物，
像是神祕的灰狼和優雅的松雞。

短趾雕

想一想，這句話正確嗎？
紅鹿每年都會換鹿茸。

是：答案是肯定的！紅鹿每一年都會持續換鹿茸。

狍鹿

紅狐

紅鹿

動植物如何適應高海拔地區的生活

梅康圖爾國家公園內的森林會隨著海拔
改變林貌——海拔越高，氣候條件就越嚴峻，
冬季也更長。無法適應冷冽環境的闊葉林會慢慢被
針葉林取代。高海拔地區會長出石松或是雲杉，
因為擁有厚實的樹脂和針狀的葉子，能夠抗寒耐凍。
動物也是，牠們學會如何在這種不友善的環境生活。
白鼬棕色的毛在冬天會變成白色的，以便偽裝自己；
松雞則會在雪中挖出小巧可愛的冰洞，
保護自己不被掠食者攻擊。

靈貓

松雞

松貂

我們可以怎麼做？

就像在梅康圖爾森林裡的動物，
每個生態系□的每一種動物都有屬於自己的位置！
你現在知道這件事了，那麼可以怎麼改變野狼的
形象，讓更多人知道牠對森林的生態平衡而言，
是很重要的角色呢？分享你學到的事，
到學校分享，或是告訴你的朋友和家人！

河鳥

鬼鴞

臆羚

狼

我一點也不怕。

啊嗚——
我是一隻可怕
的野狼！

事實上，狼是
一種害羞又膽
小的動物。

松鼠

野狼真的像童話所說的這麼壞嗎？

1930年代消失在法國森林裡的野狼，
在1993年時再度現身梅康圖爾國家公園。
但是再次出場並沒有讓牠們的形象變好！
牠們被拿來和童話故事裡的邪惡的大壞狼做比較
並非空穴來風，因為這種肉食性動物真的很難跟人類
共處，偶爾也會攻擊落單的牛群。因此，
儘管身為保育類動物，法國仍然允許屠殺野狼。
然而，梅康圖爾的森林能維持如此驚人的生物多樣性，
也得感謝這些野狼！牠們是紅鹿和狍鹿這類大型動物
唯一的天然掠食者，對平衡整個生態系非常重要。
如果森林裡沒有野狼，那些動物的數量就會過多，
也會對森林造成嚴重傷害，
比如花草樹木的嫩芽都會被吃光。

動動腦，猜猜看！
誰會住在歐洲最大的啄木鳥——黑啄木
鳥挖出的樹洞裡？
1. 黑啄木鳥寶寶。
2. 鬼鴞
3. 野生蜜蜂。
（答案請見第37頁）

花尾榛雞

白鼬

戴恩樹熱帶雨林（澳洲）

位於澳洲東北部，正對著名的澳洲大堡礁，
這裡有一座世界上最古老的熱帶雨林
——戴恩樹熱帶雨林。
這座森林已經存在超過1億年了，
當時恐龍還在四處奔走呢！

條紋袋貂

想一想，這句話正確嗎？
戴恩樹雨林裡有一種蜘蛛會吃鳥。

答：真的是會吃鳥的！體長最長可達大約人（最長22公分），
金毛蜘蛛普遍棲息的環境是底部通常是潮溼的小溪谷。

蜜袋鼯

探索遠古森林

想要來趟時光旅行嗎？沒有比戴恩樹熱帶雨林更好
的選擇了。我們可以在這裡找到一些非常古老的植物，
比如軟樹蕨，恐龍還沒出現前就已經存在了！
其他像是蠟梅，也是早在澳洲還屬於岡瓦納古陸時
就活在這座森林裡。這片古大陸在1億8,000萬年前
逐漸分離，非洲、南美洲和南極洲因此而生。
在這樣的環境背景下，遇到來自岡瓦納森林的遠古動物
也不是什麼太奇怪的事。比如鴕鳥的近親、長得像恐龍的
食火雞，或是鴨嘴獸雖然是哺乳類動物，卻擁有看起來像
鴨嘴的喙，公獸後腳帶有毒刺，母獸則會下蛋！

金亭鳥

澳洲野犬

澳洲針鼴

斑尾虎鼬

蟒蛇

鴨嘴獸

食火雞

鹹水鱷

白氏樹蛙

長毛蜘蛛

藍翠鳥

我們可以怎麼做？

想為生物多樣性盡一分心力？
何不從種一棵（或好幾棵）樹開始呢？
如果家裡沒有地方可以種樹，也不要難過，
你可以找一個保育森林組織。其中一些組織
可以領養或贊助一棵樹，他們會把樹種在需要復育
的森林裡。真是既有創意又實用的禮物！

小鳥草鴞

棕鷹鴞

長尾侏儒負鼠

動動腦，猜猜看！

斑氏樹袋鼠是一種生活在樹上的夜行性
袋鼠，白天都躲在樹冠層裡！你可以幫
助胡安找到躲在這兩頁裡的斑氏樹袋鼠
嗎？　　　　　　　　　　　（答案請見第37頁）

我知道！那是
一隻麝袋鼠！

是麝袋鼠嗎？

那是一隻
老鼠嗎？

斑皺翁

麝袋鼠

破碎的林地，
影響古老生態系的平衡

從原始蕨類植物到最早的開花植物，從岡瓦納遠古動物到澳洲
有袋動物（如麝袋鼠），戴恩樹熱帶雨林是個活生生的教材，
提供大量訊息讓我們理解這個星球上生物的演變。我們稱之為
「活的博物館」！但是目前上百種特有種中，絕大部分都面臨威脅。造
路、牽電線、建水壩，這些工程把森林切得越來越零碎。
有一些動物被迫和同伴分離，無法回到繁殖地。還有一些
動物，像是食火雞，就被限制在一定的區域活動，
無法藉由糞便將吃下肚的植物果實散播到森林各處。
然而，這個動作對許多植物繁殖來說十分重要，
比如稀有的蠟梅。人類的這些活動都會減少
生物多樣性，導致地球上最古老的
生態系失去平衡。

天堂鳳蝶

北部草原袋鼠

該怎麼做，才能保護森林呢？

看完這本書後，你應該知道很多保護森林的方法了。可是，還沒結束喔！你的家人、鄰居都可以一起幫忙，無論是在家、工作，或是在學校，每個小細節都很重要。下面這些，就是身為人類的我們可以為瀕危森林做的事！

節約，你我都能做得到！

節約能源

節省能源、減少排放溫室氣體，就能保護因為氣候變遷而受到威脅的森林生態系！我們可以從這幾件事開始：

● 選擇使用綠能電源。也就是利用風和水等可再生能源，而不是煤炭或化石燃料所產生的電能。

● 節約用電。購買節能家電用品、隨手關燈和關電視，還有冬季時，暖氣不要開太強；夏季時，調高冷氣溫度。

● 做好建築物的隔熱工程。不要讓熱氣從牆壁、窗戶或屋頂散出。

節約用水

世界各地的人都把水視為生命。特別是只占地球水資源2.5%的淡水！你剛才已經學會好幾個節約這種稀少資源的方式了，但還有一些事可以做：

● 把洗碗機和洗衣機裝滿後再啟動。

● 選擇兩段式沖水設備馬桶，或是使用堆肥式廁所。沒錯，家裡最耗水的東西就是廁所！

● 只在太陽下山後才為花園裡的植物澆水（避免白天氣溫太高、蒸發水分），或是把澆水的水管換成手持澆花器！

降低原料開採

開採原料會對森林造成很大的傷害。像是木頭、金屬和石油，都是製造產品的原料，我們其實不需要那麼多產品⋯⋯我們可以遵守「三R原則」，降低對大自然的影響：

● 減量（Reduce）：減少購買新產品或是一次性用品（免洗杯、瓶裝礦泉水等）。

● 重複使用（Reuse）：壞掉的物品先試著修理，或是購買二手物品。

● 回收（Recycle）：落實垃圾分類，例如把塑膠或紙類分開放置。

友善消費，降低能源消耗、減少垃圾量

保護森林不需要跑到世界另一端，只要學會如何「悠遊超市」！除了這本書裡已經提過的方法外，你也可以：

● 選擇無農藥和化學物質的有機商品。
● 直接跟小農購買蔬菜水果、麵包、乳酪等農產品。現在無論在城市或鄉下，都可以找到主張在地農業的機構！
● 你也可以選擇吃素。肉品產業製造出的溫室氣體占年排放量14.5%。

選擇新鮮、產地直送牛奶。

改變你的日常交通習慣

避免開車，以公車、腳踏車或火車取代，減少排放溫室氣體，這是你早就知道的事！可是還有其他交通上的小祕訣可以注意。比方說：

● 避免搭飛機。
● 去學校、公司，甚至是渡假時，都可以考慮共乘。
● 選擇造訪離家近的小商店，放棄那些沒有車子就到不了的量販店。

動動腦，讓你的意見發揮影響力！

無論是改變對野狼的看法，或是告訴身邊的人棕櫚油造成的傷害，你已經知道這些知識的珍貴之處了。如果每個人都能分享對這些和其他問題的看法，就能對這個星球的未來產生重大影響。我們可以這麼做：

● 寫一封信或是電子郵件給政府相關單位的官員。
● 參與拯救地球環境的遊行，例如為關注氣候變遷而舉辦的遊行。
● 告訴身旁的親朋好友你的意見（同時尊重別人的意見），呼籲關注森林面臨的危機。

我愛地球

氣候暖化

用行動支持保護森林組織

世界各地的人都在為保護森林而努力，有小型的區域性組織，也有全球性組織。你的家人也可以加入！還有這些方式可以參與守護環境：

● 參與保護森林連署活動。
● 捐款給相關單位。
● 加入志工行列，參與社區或城市活動，例如造林、撿垃圾等。

想知道更多關於保護森林的訊息嗎？
可以拜訪下列單位的網站，一起保護我們最美的森林。

・大自然保護協會	・環境品質文教基金會
・地球公民基金會	・環境與發展基金會
・行政院國家永續發展委員會	・世界自然基金會——保護森林 (WWF)
・行政院農業委員會林務局	・重建森林組織 (Reforest'Action)
・看守台灣協會	・飛越綠地組織 (Envol Vert)
・島嶼森林	・森林管理委員會 (FSC)
・荒野保護協會	・森林與人類組織 (Des Forêts et des Hommes)
・綠色和平組織	・聯合國永續發展委員會 (UNCSD)
・綠色陣線協會	

一起認識保護森林重要詞彙！

樹冠層

樹冠層指的是森林裡比較高的地方，特別是談熱帶雨林的時候會用到這個字。樹冠層的高度大約十幾公尺，生物多樣性非常豐富，有時候我們會把它當成一個獨立生態系。可是，因為我們很難爬到上面，所以對此並不了解……為了觀察樹冠層，人類發明了一種熱氣球，叫做「樹梢竹筏」（radeau des cimes）！

二氧化碳

二氧化碳是由碳（C）和氧（O_2）組成的氣體，是地球的天然資源，進行光合作用的重要氣體，對生命非常重要。可是人類的活動排放出太多二氧化碳！過度排放是造成氣候暖化的兇手之一。

針葉樹

針葉樹是一種果實呈錐狀、葉子尖細如針、樹脂厚實黏濁的樹種。和闊葉樹不一樣，大多針葉樹不會在冬天掉葉，反而全年無休，慢慢的更換葉子。它們能適應各種環境，在極寒或酷熱的地方都有它們的身影。

環境友善

環境友善就是在日常生活中努力實踐尊重自然與環境的行為。無論是在家裡或是工作的時候，都會盡最大的心力注意自己每一個行動對地球的影響。

特有種

特有種指的是只能在世界上特定區域找到的動物或植物，其他地方都沒有！牠們通常對生存環境的任何改變都很敏感，正因如此，面對氣候變遷也特別脆弱。

能源

我們用來發電的能源分為好幾種類型：非再生能源像炭、石油或天然氣；可再生能源則有陽光、水和風。非再生能源是幾百萬年前的動植物，經由化石分解而成。因為儲量有限，開採這種能源必須越挖越深。可再生能源則是用之不竭，大自然會不斷再生！而且使用時不會產生溫室氣體，因此不會導致氣溫上升危害地球環境。

環境

環境是綜合圍繞生物的所有相關自然元素。環境提供我們生存不可缺少的天然資源，像是水、空氣和食物。環境退化不只會對人類造成負面影響，也會危害整個地球的生態。

附生植物

附生植物指的是附著在其他植物上生長的植物。它們的根不會碰觸地面，只會附在樹幹或樹枝上，以便尋找更適合生存的環境（比如樹冠層）。它們可以從棲息處獲取生長所需的陽光、水和礦物質。

蒸散作用

蒸散作用是一種自然現象，土壤裡的水分蒸發後，以蒸氣的形式留在大氣層裡。所有植物都會貢獻水蒸氣，就像流汗。植物流汗時，葉子會逸散出水蒸氣。這種循環就像馬達，把水從根部抽到葉子上。一棵樹平均一天可以蒸散出好幾百公升的水，這就是森林對水循環和氣溫調節來說那麼重要的原因。

演化

1859 年時，英國自然生物學家查爾斯‧達爾文提出演化論。他認為大自然會過濾能夠適應環境的物種，這個理論也經過當代科學證實。經過挑選的物種會把基因傳給下一代，我們稱之為天擇。因此，新的一代出現後，物種就會逐漸演化，例如改變顏色、飲食習慣或大小！

闊葉樹

正如其名，闊葉樹的葉子寬大，與針葉樹不同。寒帶與溫帶地區較多落葉植物，也就是葉子會在冬天脫落。相反的，熱帶雨林裡的植物大多是常綠植物，葉子一整年都是綠色的。

原始林

原始林也叫處女林，指的是未經人類開發、破壞的森林。林內孕育老樹，擁有豐富的生物多樣性，是世界上獨一無二的生態系。然而，因為人類的恣意砍伐、開發農耕地、還有氣候暖化，這種珍貴的林地正逐漸消失。

次生林

相較於原始林，次生林是遭到變更、開發、破壞（甚至摧毀）後又再生的森林。次生林的樹木有時是天然成長，有時是人工種植，生物多樣性較原始林低，通常需要幾百年才能再生。

冬眠

有些動物（像是土撥鼠和刺蝟）會在冬季進入冬眠，節省能量消耗。牠們整個夏天都在準備糧食，不只馬上食用，也會儲存在洞穴裡。然後牠們就會捲成球狀，進入長時間的休眠狀態。這段時間內，牠們的器官機能會降低，身體的溫度也會降到 2～3 度，心跳和呼吸都變得緩慢……牠們偶爾會醒來吃點東西、排泄和改變姿勢，直到春天才會恢復正常的活動力。

腐植質

森林裡的樹葉、樹枝和枯木會堆積在地面上，一群微小的生物（昆蟲、細菌、菌菇、蚯蚓……）會開始分解碎屑，並產生植物生長所需的礦物質。這個過程就叫腐植化，會形成一層肥沃的土壤，我們稱之為腐植質！

授粉昆蟲

授粉是把雄蕊（花的雄性器官）上的花粉送到雌蕊上（花的雌性器官）。花粉必須落在同一物種的雌蕊上，植物才能繁殖。授粉後，花朵會開始製造種子，外頭變成果實。但是授粉的工作大多必須仰賴風或授粉昆蟲，比如蜜蜂、蝴蝶或甲蟲類。這些昆蟲在花朵間覓食，尋找位於花瓣中心的花蜜。喝花蜜時，昆蟲會在雄蕊上摩擦，很快的身上就會沾滿花粉，再傳到下一朵花上！

原料

原料指的是人類開採的天然資源。比如說，我們會用羊毛做毛衣，用木頭做家具，用鐵做汽車……也比如用石油來產生動力。可惜的是，自從工業革命以來，人類消耗了過多的原料：礦物、金屬、化石原料……開採這些天然資源不只會破壞整個生態系，也會產生大量溫室氣體！

巨型動物

巨型動物指的是體型很大的動物，例如大象、犀牛或長頸鹿。因為盜獵和棲息地縮減，大部分都面臨滅絕危機。

遷徙

每到冬季，為數眾多的動物就會展開一段驚人的旅程，為了尋找溫暖的地方過冬，這段旅程可以長達好幾千公里。就是所謂的遷徙！燕子和雨燕就會在秋天時離開歐洲，飛往非洲溫暖地區覓食。大翅鯨也是每年都會離開北極冰冷的海域，前往加勒比海繁殖後代。直到春回大地時，大翅鯨寶寶就會一起回家。當然了，在那之前，牠們已經儲存了足夠的體力面對這段累人的旅途。

單一耕作

單一耕作指的是密集的種植一種植物，像是柚棕樹、黃豆或玉米。大規模實行單一耕作時，就會失去生物多樣性，授粉昆蟲（像是蜜蜂）會因此消失，土地也會變得貧瘠。

碳匯

碳匯是可以吸收並儲存二氧化碳的天然儲存槽（比如海洋、泥炭沼澤或森林）。可以減緩氣候變遷的速度。如果沒有這個機制，氣溫將會上升的更快。

全球暖化

當大氣和海洋溫度連續好幾年都呈現上升趨勢時，我們稱之為全球暖化。氣候變遷是長期存在的自然現象，地球的溫度本來就不斷上升與下降，但是全球暖化最大的肇因，來自人類活動產生溫室氣體的速度太快。

工業革命

工業革命發生在 18 至 20 世紀間。當時許多國家致力於發展工業（由工廠內的機器製造物品）變得現代化。好幾個重要發明，像是蒸汽動力或電力，讓國家變得更為便利。然而，人類也是在這個時期開始開採煤礦和石油，也就是全球暖化主要原因之一。

林地復育

林地復育是在被摧毀或破壞的林地上種植新的樹木，重建一個森林生態系。為了對抗全球暖化以及保護當地生物，世界各地都在努力復育林地。如果沒有森林，土地就會變得貧瘠，很快就會無法使用，農耕所需的雨水也會變少。有些國家已經開始大規模進行林地復育工作，印度就是一個例子，150 萬個志工在 12 個小時內種植了 6670 萬棵樹。還有衣索比亞也是，在一天內種了 3.5 億棵樹！

樹液

樹液是樹皮下細小血管裡流動的液體。分為兩種：一種是把根部吸收的水分和礦物鹽帶到葉子上的木質部樹液；另一種是韌皮部樹液，把光合作用產生的糖分從葉子帶到根部。這種樹液滋養了樹木的不同部位，提供生長所需的養分。

現在，我已經準備好保護森林了！

檢查看看，你都答對了嗎？

九寨溝 (P. 12～13)

羚牛屬於哪一個動物家族呢？

A： 山羊家族。雖然長得不像，但羚牛是屬於山羊科的動物，同一科的動物還包括山羊、綿羊和臆羚。

加拿大北方森林 (P. 14～15)

北極狐的毛冬天會變成白色的，就跟雪一樣！你可以幫愛娃找一找牠躲在哪裡嗎？

A： 牠躲在第14頁的駝鹿後面。

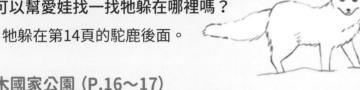

紅木國家公園 (P.16～17)

你可以幫溫蒂妮找找森林裡的香蕉蛞蝓嗎？因為長得非常像香蕉，所以才給了牠這個名字。這種蛞蝓可以長到25公分，體重也能超過100克，是世界上體型第二大的蛞蝓。

A： 牠停在第17頁右側的樹枝上。

剛果盆地 (P. 18～19)

歐卡皮鹿的舌頭不只用來品嚐味道，也可以清理全身……就連耳朵也清得到！猜一猜，牠的舌頭有多長？

A： 最長50公分。非常方便，可以採摘葉子、嫩芽或軟枝當作食物。

比亞沃維耶扎森林 (P. 20～21)

嬌小神祕的歐洲澤龜，可以活到幾歲？

A： 60歲！被圈養的歐洲澤龜甚至可以活到上百歲。

棘刺林 (P. 22～23)

棘刺林裡，哪一種可怕的掠食者會捕食狐猴？

A： 馬島長尾狸貓！這種掠食者是馬達加斯加的特有種，是島上八種哺乳類肉食動物中體型最大的。

亞馬遜雨林 (P. 24～25)

世界上的物種中，每多少種便有1種生活在亞馬遜雨林？

A： 每10種中就有1種！亞馬遜雨林內每兩天就會發現一個新的物種！

蘇門答臘熱帶雨林 (P. 26～27)

下面哪一種動物有蹼？

A： 蘇門答臘虎的腳有點像蹼！所以可以在水裡游上30公里，還能獵捕水中的生物。

梅康圖爾國家公園 (P. 28～29)

誰會住在歐洲最大的啄木鳥——黑啄木鳥挖出的樹洞裡？

A： 三種都會！黑啄木鳥會在這些洞裡養育牠們的小孩，可是小孩離家後，其他動物就會馬上占據這些舒服的居所！

戴恩樹熱帶雨林 (P. 30～31)

斑氏樹袋鼠是一種生活在樹上的夜行性袋鼠，白天都躲在樹冠層裡！你可以幫助胡安找到躲在這兩頁裡的斑氏樹袋鼠嗎？

A： 找到了！以下圈出來的就是這兩頁中的七隻斑氏樹袋鼠。

愛曼汀・湯瑪士
（Amandine Thomas）
— 著 —

1988年出生的愛曼汀畢業於法國國立高等裝飾藝術學院（Ecole d'Arts Décoratifs）。她在23歲的時候移居澳洲，且於澳洲知名雜誌《Dumbo Feather》擔任藝術總監。這段期間裡，她深刻的體會與感受當地團體對於環境保護的吶喊。在墨爾本待了六年之後，愛曼汀搬回了法國，目前她居住在波爾多地區。2014年，她的第一本作品《Bell Ville et Le Chat》在法國瑟堡圖書節（festival du livre de Cherbourg）獲獎，作品充分展現出創作天賦與活力。

黃美秀
— 繁體中文版審定 —

國立屏東科技大學野生動物保育研究所副教授、台灣黑熊保育協會創始理事長，目前並擔任國際熊類研究暨經營管理協會歐亞區副理事長。自1996年起致力於研究、保育瀕臨絕種的台灣黑熊，成為長期深入人跡罕至的山區，且追蹤行蹤不定黑熊的研究者。原住民以「熊媽媽」稱呼她。她透過捕捉繫放和無線電追蹤等各種科學研究，探索台灣黑熊生態習性，也成為國內第一個使用人造衛星發報器和直升機無線電追蹤陸域野生動物的研究者，建構了台灣黑熊保育研究史上最豐碩的資料庫基礎。2010年成立「台灣黑熊保育協會」希望鼓勵及強化民間力量共同參與和推動台灣黑熊保育。期望台灣黑熊和其他野生動物，都可以永遠快樂徜徉於台灣的山林裡，與人和平共存。

許雅雯
— 譯 —

生於屏東，自清華大學中國文學系、高師大華語教學研究所畢業後，在海內外從事了近十年華語教學工作，也致力於語言政策研究。多年前定居里昂，一頭鑽進文字與跨語言的世界，譯有《布拉格漫步》、《我曾經愛過》、《誰殺了羅蘭巴特？解碼關鍵字：語言的第七種功能》（野人文化）等。